KB196450

검정비닐새 요리

조우연

시인의 말

감자를 삶는 밤
검정의 닫힌 문을 열고
말 없는 검정에게 말을 건넨다
아무도 안 보이지만
누군가 거기 있을 검정
손을 뻗으면 닿을
누구의 손끝이 있을 거라고
그러니 눈을 감자
눈 감은 우리는 모두가 검정
검정을 믿는 이 환한 감정으로
내일 아침엔 감자수프를 끓일 생각

2024년 초겨울
조우연

검정비닐새 요리

차례

2부 비에 젖으면 보이는 무늬

3부 검정검정 눈물

4부 꽃의 파생에 가까운 일

해설

　―임지훈(문학평론가)

1부
서서 날아가는 영혼

물집

나는 물집에 살아
눈물을 들키지 않는 물고기처럼

냄비의 귀에 댄 손가락
처음 신어 본 하이힐에 닿은 발뒤꿈치
그런 곳에 물집을 짓곤 했어 터트리면 안 돼요, 하는
그 집

부르터 비로소 아늑한 장력이 완성되고
그 속에 내 생이 그렁그렁 잠겼어

사람이 없다고 여긴 아무도 없네, 하지 않는 집
빛이 부서지고 먼지가 부옇게 날리는 걸 봐
살고 있어 살아가고 있어 조용히 지나쳐 가 주는 집

거기 있니? 문에 귀를 대고 고요를 기다리던 집

피 안에 생긴 집

피안彼岸의 집

바이칼호수의 푸른 물집
네가 자작나무랑 나란히 무릎까지 잠긴 집
그 집에서 우리는 사랑을 했지 가슴과 가슴을 맞대
고 배와 배를 맞대고 네 안에 내가 내 안에 네가 잠겨 유
영하는 집

물집의 벽시계가 두 시를 가리키면
소나기가 지붕을 두드릴 거라는 예보가 있어

그걸 보려고 물집 뒤꼍에 자두나무를 심었지 레코드
처럼
나이테를 돌려 퉁퉁 탕탕 음악이 흘러나오는 나무

거기 살아
슬픔의 파동이 빠른 집에
먹구름이 떨구는 부서진 마음을 없던 것처럼 빨아들

이는 집에

　대문에 수성 사인펜으로 쓴 문패를 달고
　말릴 필요 없는 하루들을 빼곡히 옷장 속에 개 놓
은 집

　피자두가 후드득 떨어져 물집이 터져도
　눈을 감고 시간의 창문을 잘 닫고 있으면
　흉터 없이 너를 간직할 수 있겠다

돌멩이라는 물고기

물속에 오래 살다 보니
옆구리에 옆줄이 생기고 물고기가 되었나 봐

강 밖에는 비가 내리기 시작했는데

모든 강은
빗물이 고인 방

물뱀 한 마리
방문을 두드리며 물 밖을 지나가네

길어지는 몸만큼
길어지는 물뱀의 고독을 이해할 것 같다고

강바닥에 누워
음지식물의 고요보다 더 고요한 비의 감정을 듣는다

이제 나는 물고기

빗방울이 똑똑 옆줄을 건드릴 때마다
나는 살고 싶어 미치겠어

투망으로 건져다 내 배를 갈라 봐
나는 부레라는 말창자가 없어서
강바닥에 가라앉아 일기를 쓰네

모든 강은
눈물이 고인 방

마지막 일기를 쓰고도 나는
떠오르지 않는다

마치 돌멩이처럼

가을 저녁의 측량

가을 저녁엔 쓸쓸을 재 볼까
쓸쓸의 무게를
쓸쓸의 길이를
쓸쓸의 깊이를

껍데기만 남기고 여치의 쓸쓸을 짜 먹은
무당거미의 불룩한 배의 무게는 얼마일까

무당거미를 매달고 흔들리고 있는 거미줄을
한 올 한 올 풀어 쓸쓸의 길이를 재어 볼까

쓸쓸은 인간 없이도 강가의 감국처럼 피어나고
노을처럼 강물에 빠져 죽기도 하였을 텐데
쓸쓸은 너무 깊어 익사체로 떠오르지도 않을 텐데

저녁이 되면
배부른 거미처럼 아버지는 리어카 가득 폐지를 주워
온다

폐지 같은 인생은 가볍기도 하고 무겁기도 한 것이 참
으로 쓸쓸하구나 생각하는 나를
　　아버지는 뭘 그리 쓸데없이 섰냐는 얼굴로 쳐다본다

　　거미인 줄 알았는데
　　누구에게 먹힌 건지 아버지는 여치였다
　　껍데기만 폐지처럼 남은

해골 웃음 보관법

감자는 햇볕 들지 않는 어둠 속에 두어야 한대서
일단 두꺼운 가죽으로 싸 두긴 했어요
서늘한 표정을 지으면서요

토마토는 실온에 두어야 숙성이 잘된다 해서
조심스럽게 냉랭한 감정은 걸러내고 있어요
하루가 다르게 본래의 면목에 가까워지고 있네요

그거 알아요, 감자는 양파와 같이 두면 안 좋지만
사과와 두면 감자의 웃음이 더 오래 간대요

옆 사람을 보세요
양파와 사과 중에 누구일지
물론 당신이 감자가 아닐 수도 있긴 해요

실물이 훨씬 나아요
이것은 해골의 웃음을 잘 보관하고 있을 때나 들을
수 있는 말이긴 해요

어느 날 슬픔으로 당신이라는 서사가 종결될지라도
어쩌면 우리가 마음에 두어야 할 것은 다른 것인지
도 모르죠
입꼬리가 올라간
모든 해골의 표정을 생각해 보면 말이죠

걱정 마세요, 어머니
당신만큼 나도 감자 보관법은 잘 알고 있으니요

목련 붕대

어디가 아파서 왔냐고
의사가 물었다

머리 검은 새가 날아와 밤새 가슴을 쪼아요
아침이 되어서야 슬픔을 그치는 새소리를 듣는다고요

의사는 내 가슴에 청진기를 대고
구멍의 울음을 한참 듣더니
약을 바르고
흰 붕대로 단단히 묶어 주었다

며칠 후
다시 의사가 물었다

좀 어떠세요

아, 그게요,
……

난 봄이 가는 곳 어디쯤을 더듬거렸다

꽃 떨어진 멍울이 아물려면
계절이 오래 아득해져야 합니다

목련나무 아래 앉아서
피 묻은 누런 붕대를 풀고 있을 때

새는 구름 많은 곳으로 날아갔다 나뭇가지에
새순이 돋고 있었다

와장창

수천 날의 칼을 물고 있었다는 걸
우리가 깨질 때야 알았어

그만
을 외칠 때
비수를 내뱉는 유리창의 입

투명한 표정
투명한 말
그래서 믿음이 쉽게 깨진 걸까

너무 환해서
우리가 열린 줄 착각했지

먼 것조차도
어느 날은 그렇게나 가까이
줄줄 흘러내리던 걸

구름도 가깝고
내일도 가깝고

우리가 겨우
유리창의 깨진 말을 알아들었을 때

처음으로 새들의 대화를 들었어

그게 진짜 시작인 것처럼

더듬

눈 대신
더듬이를 가졌다면
개미처럼

너를 찾아 나서는 길
자, 먼저
허공 속 너의 체취를 더듬고

더듬더듬 천천히 더디게 네 살갗에 팬 모혈의 깊이와 둘레를 더듬더듬 그러자 그곳에 솟아오른 가는 수풀들이 일제히 들어 올리는 미세한 소름들을 더듬더듬 조각난 뼈마디들과 이어진 둔덕과 낭떠러지와 골짜기를 더듬더듬 더듬다가 눈가의 덜 마른 물기와 웃음소리에 밴 스산함과 고요한 입김 속 너의 절망과 전율까지도 더듬더듬 마치 까미유 끌로델이 혼신을 다해 그를 더듬어 빚어낸 그 더듬처럼 그것은 기어이 숨이 멎고 만 더듬 수만의 나와 너와 음악과 심연과 폐허를 더듬은 뒤에야 겨우 가 닿는

더듬더듬 개미가 기어간다 부스러기 하나 물고 더듬
더듬 길 가던 개미는 개미를 만나 한참을 더듬더듬 그러
다 더듬을 멈추고 개미는 제 몸만 한 개미를 끌고 다시
더듬더듬 죽음은 삶을 끌고 나는 너를 끌고 더듬더듬
집으로 영원으로

외로움은 대개 서 있다

바람에게
구멍 난 옆구리를 내주고 선 서어나무처럼

서 있는 것들은
이름이 불릴 때를 기다려
몸을 돌려세울 준비가 되어 있는 것 같다

자작나무들이 서 있는 그림을 보다가
나무 무릎에 검푸른 도끼 자국 흉터가 생긴 이유를
알고 운 적 있다

자작나무 숲을 그릴 수 있다면
나무의 무릎 사이사이
서서 자는 물소들을 그려 넣을 것이다
포식자의 기척을 기다렸다 순식간에 달아날 수 있는
고독이라서

말똥가리가 날아간다 그러나

날아가는 것은 말뚱가리 영혼 그러니까
말뚱가리는 서서 날아가는 영혼

직감적으로 이번 생의 절반 이상은 서 있을 것을 안다

홀로 걸어가는 사람
무게 중심을 바닥에 두고 자꾸만 서 있는 사람
그 사람이 그대라고 생각할 때면 서러워져서
뒷모습에 긴 낙서를 하고 싶어진다

비 오는 밤은
폭우의 날 선 빗방울을 쓰러진 자의 입 속에 부어 주
고 싶을 때가 있었다

부속 구이

껍데기, 덜미살, 콧등살
아구살, 염통, 감투, 유통

나는 나의 부속으로 살아왔어

덜미를 잡혀 주고 세상에 빌붙었어
아구창 휘갈겨 맞기를 여러 번
민망한 낯짝이 반듯해졌어
콧등까지 시큰한 날들이 있었고 그런 날은
콧등살이 뭉개지도록 몰래 울어 봤어
기름진 음식으로 감투를 채우는 족속을 비웃으며
거친 푸성귀를 되새김질했어
나의 초식성 감투는 자주 복통을 앓는데
어쩌면 심리적인 문제일지 몰라

그래 나는 부속으로 버텼어
생각해 보니
생각만으로도 염통이 뜨거워지는 남자가 있었어

사랑도 삶의 부속
부속으로 나는 뜨거울 수 있었지만
나의 유통, 적멸보궁에
무시로 찾아오는 쓸쓸
남루한 쌍무덤에 그 쓸쓸을 파묻었어

묻곤 해
매미가 버리고 간 껍데기의 구체적 고독을 볼 때마다
안은 밖보다 왜 더 적막하고 쓸쓸한 거냐고

고독이 내 껍데기의 문양
그 부속의 문양을 표절해 시를 써

진화론

길고 긴 고독에 적응하기 위해
긴 목을 갖게 된 기린

고래는 지독한 고독에 살아남기 위해
뭍을 버리고 심해로 들어가
수억 년 동안 잠수 중이다

강대나무가 적막하다
　주목은 산정에서 고독과 싸우다 선 채로 죽는 진화
를 택했을 것이다

아직 가 닿지 못한
달팽이의 더딘 쓸쓸은 지금도 진화 중이다

인류는 나름 항거했다
고독에 잡히지 않으려 꼬리를 도려내고
날개를 잘라 바람 속 공허에 맞섰다

그러나 끝내
고독에 순응하여 거대 독무덤에
무진장 고독하게 묻힌 조상이 있었고

다윈, 저녁을 혼자 걷는 그의 직립 보행은 퇴행을 걷
고 있었을 것이며
잡아먹히지 않으려 고흐는 고독에게 총을 겨누고 죽
었지만
그 남자의 고독은 무한 복제되고 있다

지금 뭐 해, 비, 비가, 오네, 라든지
아니, 별, 별일 아니고, 달이 떴는데, 그게, 그냥, 참, 그
래서……
우리가 저녁밥을 혼자 먹으며
퇴화 중인 언어를 더듬거릴 때
아, 이런 고독사의 전성시대

인류 출현 이래

고독은 보란 듯이 진화 중이다

ㅁ의 유용

ㅁ으로 종결된 우리를 넣어 둔
함에는

삶, 봄, 움, 잠, 쉼 등등이 들어 있다

교실 속에 담긴 아이들의 생활도
앎, 씀, 만듦, 함, 서술함
처럼 ㅁ으로 기록해 두어야 한다

혼자 있는 내게 긴 밤이 시비를 걸면
알 게 뭐람, 이라고 대꾸한다
결국 ㅁ난 ㅁ으로 꽉 다물어야 혼잣말이 완성된다

밤은 긴 고독을 ㅁ으로 잘 끝마친 검은 박스

언박싱을 하면
깨질까 뽁뽁이로 감싼 채
가지런하게 모아 있던

두 개의 ㅁ으로 괸

'몸' 속의 내가 튀어나온다

미래로 가기 위해 죽음

으로 가 버린 너를 두고

그들은 자꾸 과거를 들먹이고

죄와 꿀벌이란 고전을 읽다가

꿀벌은 누가 준 양심인지

이러니 만날 목숨 걸고 죄를 짓지

벌이라면 침 하나에 목숨 하나면 안 됨?

여기는 사선

현재 시각은 고독의 정점

듣고 있나, 들리면 응답 바람!

갓 들어온 이등병이

계급의 먼 바깥으로 보내는 무전의 ㅁ체

벌어졌던 울음이 웃음으로 닫히는
우리의 몸과 맘은 음습체

닫지 말아요, 그 뚜껑

뚜껑은
맨 마지막 말 같다

특히 바다라든지 이별에 관해 말할 때 뚜껑을 잘 닫
아야 비로소 수평선에 노을도 눈부시고 안녕이 단단해
진다

나무는 어둠의 뚜껑인 것을 어느 여름밤 할아버지를
땅에 묻고 돌아오던 날 알았다
할아버지가 그리우면 산사나무 뚜껑을 열고 지난하
게 뻗은 그의 뿌리들을 훑어보곤 있다

어떤 감정의 마지막은 잘 닫히지도 않고

그믐이 지나고 날마다 조금씩 뚜껑이 열리고 주먹 하
나쯤 우습게 들어갈 희고 둥근 구멍이 머리 위에 생기
면 누가 흔들기만 해도 다 쏟아질 것만 같던 것들, 예를
들어 생일, 저녁, 그리움, 바닷가 모래 언덕, 불안, 자전거

를 잡아 주던 손, 소란, 식탁의 꽃병과 숨넘어가는 웃음
소리들

　붉게 활짝 열린 슈퍼 문moon으로 쏟아지는 감정들

　뚜껑이란 말을 하면서 콜라병을 따 본 적이 있다 그
때 문득 열린 생각,

　아버지가 갑자기 펑 하고 열렸을 때, 늘 침침하고 묵
묵하던 아버지의 방 안이 펑 하고 열렸을 때, 뚜껑이 죽
을힘을 다해 닫고 있던 것이 무엇인지 맨홀 구멍 속을
들여다보지 않고도 그곳에 무엇이 있는지 짐작은 하지
만 막상 뚜껑이 열린 뒤에야 쏟아지는 것들

　뚜껑을 닫는 데 보름보다 더 걸리기도 하고
　주저하다 뚜껑을 잃어버리기도 하는데 그편이 나을
수도 있다

뚜껑은 맨 마지막 말 같아서

낙오되거나 새어 나가는 기분이 없도록
남은 콜라는 아주 천천히 조심스럽게 닫아야 한다

2부

비에 젖으면 보이는 무늬

비 요리

구름을 식재료로 한 오늘 저녁은
비 요리 풀코스입니다

화성에 간 로봇은 그곳의 고대인들도 우기 때면 즐겼
던 비 요리 흔적을 찍어 보내왔죠
목마른 영혼들이 있는 곳이라면 어디든 그럴 거예요
놀랍지도 않죠

젖은 마음을 털며 사람들이 속속 모이고 있네요
막 떨어지기 시작할 때의 빗방울을 받아 순한 인사말
을 넣어 끓인 것이 전채입니다

여태 도착하지 못한 약속이 둘, 가 버린 마음이 하나
그 빈 의자들에도 메인 요리를 들입니다
장마철, 질긴 계절을 두드려 밑간을 해 두길 잘했다
싶어요

나이 탓일까요

부드러워진 사람처럼 웃어 보이는 사람들
번쩍! 천둥 번개가 쳐도 아무도 나이프로 비명을 자르지 않죠

폭우 속 숙성이 잘된 영혼만큼 아름다운 미장센이 또 있을까요

사랑을 알아 가던 시절, 명랑하기만 한 남자가 무서워 도망 다니던 기억이 스쳐 가네요

이젠 다르죠
어두운 먹구름에서 맑고 투명한 요리를 만들어내는 비법을 터득했습니다

내일부터 우기도 끝이라는데
구름을 구하지 못한 건기의 영혼들은 비 요리 생각이 간절할 테죠

우리가 뱉은 숨들은 다 어디로 가서 구름이 되었을
까요

비 요리 후식으로는 새벽 안개비가 좋습니다

에일리언

이집트 피라미드를 지을 때
지구에 내려왔던 에일리언은 지금 어디 있을까

농업혁명, 산업혁명을 견디고
시장 골목 귀퉁이에서 근근 버티는 중은 아닐까
금성세탁소, 은하수다방, 효성상포장의사, 스타이발관
별별 낡은 간판을 내걸고 향수병을 앓고 있는 것은
아닐까
다섯 평 삼성전파사를 개점해 라디오를 고치다가
TV, 세탁기, 핸드폰, 반도체를 만드는 에일리언 소문
도 있다

열반에 들어 생로병사 육신을 벗어난 부처도
그 옛날 조선시대 우주만물을 이와 기로 논하던 이
들도
인류를 위해 전구를 발명해 주고 죽은 과학자도
병든 사람을 고쳐 주다가 장기까지 기증하고 죽은 의
사도

독재를 견디고 사람 사는 세상을 외치던 바보 정치
인도
에일리언은 아닐까

자기가 에일리언인 줄도 모르고
우유 배달을 하다가 새벽하늘에 뜬
미확인 비행 물체를 찍어서 신문사에 보내기도 할 것
이다

저녁별을 보며 어디 먼 데 눈빛을 적시거나
휘파람으로 바람을 불러 세워도 죽을 듯이 외롭다면

당신의 고향은
여기가 아닐지 모른다

새집증후군

이남박*;　버스정류장 옆 보도블록에서 발견
　　　　　둥글게 흰 몸을 웅크려 담고 살던
　　　　　나물 팔던 할머니의 집

바리때**;　절해고도 송광사의 암자
　　　　　앉아서 후박나무를 바라보던 의자, 그 옆
　　　　　에서 발견
　　　　　제 한 육신 기거하며 면벽하다 열반한 노
　　　　　승의 집

종　　지;　서울특별시 OO동 쪽방촌 골목에서 무더
　　　　　기로 발견
　　　　　살아내기가 쇠솥과 같고 고독하기가 대접
　　　　　만 한 이들의 집

조류학계는
유독 정갈하고 단출한 끼니를 먹고 살다 간
어느 새들의 주거 습성을 새집증후군, 이라 보았다

*쌀 따위를 씻는 일에 쓰는 함지박.
**부처 또는 승려가 소지하는 밥그릇.

46

손톱이라는 모래 언덕

손톱 밑에는
백만 개의 쓸쓸이
백만 개의 모래로 떠밀려 온 사구沙丘가 있다

그러니까 손톱은 먼발치서부터 울컥울컥 쓸려 와 쌓
인 언덕

초승달은 밤의 손톱
검은 파도가 출렁이는 모래톱
영영 돌아오지 않는 자들의 빠진 손톱이
꽃잎으로 날리는 봄밤

나는 당신이 죽었다는 것도 잊은 채
당신을 물어뜯으며 밤새 손톱 밑을 서성댔는데

발자국이 찍히지 않는 이상한 모래 언덕은
가도 가도 끝이 없었다

빗물 바코드

추적추적 B가 내린다.
이 시는 추적자 B에게 쫓기는 영혼들의 코드 ZIP에 대한 기록이다.

코드 Z

추적자 B를 피해 도망자 Z는 하수구로 미끄러져 잠입한다. 그러나 Z의 꼬리는 너무 길어 추적자 B에게 마침내 잡히고야 만다.

그걸 지켜보던 I는 태생적 우울의 꼬리를 자르고 밖으로 숨는 법을 배웠다.

코드 I

해맑은 I. 어린 I는 말했다. 제 꿈은 명랑이에요! 그러나 추적추적 여러 날 B의 다그침에 I는 결국 울고 말았다. 비의 줄무늬가 I의 내색. 투명한 줄무늬는 비 오는 날 보호색으로 적당하다.

명랑은 꿈이 될 수 없단다. 우기의 비밀이 많아진 I에게 추적자 B가 말했다.

코드 P

시인이 된 I는 가슴에 쏟아지는 비애를 비에 비유함에 그침이 없었다. 그의 시엔 뭐랄까, 비의 비린내가 나.

난 있지, 그게 피 냄새 같아서 좋아.

시인 P. 그의 시집 뒤표지 구석엔 빗물 바코드가 새겨져 있다.

코드 I 또는 X

그녀는 한해살이예요. 작년의 그녀는 얼어 죽었어요. 재작년엔 말라 죽었고요. 봄이면 새로 태어나는 그녀에 골몰한다. 거의 죽은 줄 알았던 그녀가 생기 물씬한 미지수의 나로 깨어난 거라니! 아, 맞아요. 그때 그 I가 나예요.

B가 내린다. 번쩍! 번개가 칠 때 추적자 B는 빗물 바코드를 빠르게 스캔한다. ZIP. 영혼의 입구는 더 단단히 잠긴다.

달인

달에 사는 한 사람이 있다

그는 고독의 달인

비 내리는 밤의 지구
그 빗살무늬 토기를 깨뜨리지 않고 바라보기의 달인

눈 하나 깜짝이지 않고
망망대해 태풍의 눈을 응망하기의 달인
끝내 음음, 신음 한마디 내뱉지 않는 달인

그는 진정 쓸쓸의 달인이다

만월이 되면
깊어진 달의 명치끝에서 발광하며
꼬꾸라지는 눈발을 쓸어안는 파도와 밀고 당기는 내
면의 소리를
담담히 듣는

혼밥 혼술 혼애 혼공 혼여 혼설 혼자 혼신을 다하는 그는 마치
순식간에 이쑤시개를 정리하거나 수십 개 만두를 빚는 그런 달인들보다 한 수 위의 달인

지구에 있는 누군가가 망원경으로 보았다
달 사막 한가운데 찍힌 그의 흰 발뒤꿈치를

그런데 그게 뭔지나 알까

오늘 달인은
초승의 가는 문지방에 구부리고 앉아
발톱을 깎는 중

똑똑, 지구로 보내는 쓸쓸한 타전 소리

점심이나 먹자는 말

그녀가
점심이나 먹자 해서
비빔국수를 비벼 먹었는데
그건 점심이라는 환한 한때를 먹은 일

그가
저녁이나 하자 해서
국밥을 말아 탁주 한잔을 부딪친 일
그건 저녁이라는 뜨거운 한동안을 들이켠 일

아침은 또 얼마나 오래 먹었는지

먹은 것이 다
세월이 되어 버리는 이유를
애인이 되어 버리고 슬픔이 되어 버리는 이유를 알 것
도 같아

전화를 건다, 그에게

나 이제 내려놓았어 정말 끝일까 몰라

저녁 사 주지 않을래

응 알아 그 언덕배기 순두붓집 노을 좋은 곳 이따 봐

점심을 먹은 마음으로 내일의 점심은 또 오고

그가 사 준 저녁으로 당분간 창가에 저녁을 걸 수 있고

달이 찬다면

우리는 그 고독도 맛볼 결심으로

뼈해장국에 독주를 마시면서

밤을 먹는다, 라고도 말해 보는 것이다

빗살무늬 토기

막노동 조 씨네 식구들이
우묵한 얼굴을 밥그릇으로 푹푹 꽂아 놓고 저녁을 먹
는다

장마철,
남자는 공친 하루를 밥그릇 바깥에 또 한 줄 새긴다
/ / / / / \ \ \ \ / / /

뿔 달린 검은 물소를 잡아 오던 남편의 전성기가
빗물에 시궁창으로 쓸려 가는 걸 보는 여자의 턱은
날마다 뾰족해져 더 깊게 밥상에 박힌다

타 버린 까만 밥알을 뱉어내던 아들이
머리맡에 아귀가 돌아다녀요, 라며 꿈 얘기를 하자
여자는 아들의 큰 입을 벌려 식탐의 가시를 뽑아낸다

빗물이 양철 처마를 탕탕 때리다 멈추다 또 탕탕대
는 저녁

주룩주룩 슬픈 무늬의 얼굴들이
축축한 밥상에서 빗살무늬 토기로 단단하게 구워지
는 동안
토기 안으로 빗물이 고인다

잠든 아들의 토기를 당신의 안으로 포개는
금 간 유물,
아버지

쓰러지지 않으려 더 단단히 박혔을 뿐

이제 민무늬 철제 밥그릇으로 저녁을 먹는 나
탕탕 양철 처마 때리는 빗소리를
가끔 습관처럼 폭식한다

비에 젖으면 보이는 무늬가
내 밥그릇에 있다

모딜리아니 초상화

모과나무를 잠깐, 아주 잠깐 올려다봤는데
내 얼굴이 길어졌다

길어진 오후가 계면쩍어졌을 때
한 모과가 묻더라

Why do you have a long face?*

두리번거리다 불쑥 마주치는 모과와 모과
그 남자가 햇빛을 개서 그 여자를 노랗게 색칠했다

상처가 모과 사이에서 향기로워질 때
고마워요, 우리 키스할래요?
모과의 각도가 보기 좋게 기울어졌을 때

모딜리아니의 잔느**가
툭,
나무에서 떨어졌다

모과나무 밑에서 길게 자라는 것들 때문에
사는 게 시무룩하다고 누군가 낮게 중얼중얼

먼 곳으로 먼저 간 것만이 부러운
노랗고 기다란 오후

* 왜 그렇게 시무룩해요?
** 화가 모딜리아니의 아내.

완숙 完熟

언제부턴가
내 목소리에서 엄마가 들리는데
그걸 두고 내가 이제
무르익었다고 말하는 그입니다

옥천 안남으로 그런 그와
올갱잇국을 먹으러 간 거죠

그는 올갱잇국에 밥을 말지 않았고
나는 말아 먹었습니다

바람이 호두나무를 흔들고 있습니다
어떤 바람은 때때로 나를 흔들었고

안남천 강바닥에 사는
올갱이를 매단 돌멩이들을 생각합니다
바람처럼 부는 물살에도 마음먹고 살아 보는 올갱이
처럼

끝까지 떨어지지 않는 호두들이 있고
무르익어 가는 생각들이 호두들 머릿속에 골똘하고
돌돌 제 몸을 마는 올갱이 생각

언제 또 안남 올갱잇국을 먹으러 오게 될까
밥을 다 먹었으니
커피 한잔할래, 물었더니

영락없이 엄마가 들리네, 하는 그
그 말을 돌돌 말아 귓속에 넣습니다

분명 나는 익어 가는 중일 겁니다

홍건

소금물에 감자를 삶는 밤

어둑한 밤 언덕에
푸슬히 뭉개지는 달 감자

이 여름밤만은 AI가 몰랐으면

뜸 드는 동안
운동장에서 발견된 2센티미터 채 안 되는 애벌레를
집어
풀숲으로 던져 주려는데
아프게 꽉 쥐면 안 돼요, 했던 아이의 말이 떠올라

이런 마음도 절대 AI가 이해할 수 없었으면

찾던 손톱깎이가 있어야 할 곳에 있지 않을 때처럼

곁에 있던 넌 늘 거기 있었는데

감자 먹을까, 보지도 않고 물었는데

아무리 뒤져도 서랍 속에 있어야 할 손톱깎이가 보이
지 않고

대답도 않고
너도 언제부터 거기 없던 건지

그 흥건을 AI는 결코 알 수 없었으면

무섭고도 쓸쓸하니 울먹한 흥건

으깨진 감자는 짭짤한데도
우리가 흘린 눈물 속 소금은 어디 간 건가 하고

내내 찾던 밤
그런 건 절대 알지 못했으면

우물우물 우울우울

쥐똥나무 울타리를 보다가 파트리크 쥐스킨트가 생각났다. 쥐똥나무 향긋한 꽃향기를 맡으며 소설『향수』의 저자, 파트리크 쥐스킨트. 쥐똥나무 울타리 쥐구멍으로 빠뜨린, 그 쥐스킨트의 고독이 물씬 풍겨 오는 저녁, 쥐가 성성 좀먹은 쥐똥나무 울타리 저 건너 성큼성큼 [좀머 씨]*가 걸어가는 것이 보이는 것도 같은데, 자세히 들여다보면 개와 햇빛을 기피한 파트리크 쥐스킨트가 잽싸게 달아나는 게 보인다.

사진 찍기 싫어하고 수상 따위도 거부한 파트리크 쥐스킨트가 쥐똥나무 울타리에 숨어서 글을 싸고 있다. 쥐도 아니면서 쥐똥을 싸는 쥐똥나무처럼 쥐똥쥐똥 글을 싸고 있다. 내가 그에게 다가가 무어라 말이라도 붙일라치면 그는 절규했다. [나를 제발 좀 그냥 놔두시오!]**

나도 쥐똥나무 울타리 속에 들어가 시를 싸기로 했다. 내 시를 본 평론가가 말했다. "당신 작품은 재능이 있고 마음에 와닿습니다. 그러나 당신에게는 아직 깊이가 부족합니다."*** 나는 쥐똥나무 울타리 속으로 더 깊이 더 깊숙이 들어가 시를 싸기로 했다. 파트리크 쥐스킨트, 파트리크 쥐똥나무, 파트린 쥐똥나무, 빠뜨린 쥐구멍, 그 속의 쥐똥쥐똥, 깊이, 깊이, 기피…… 도주하는 쥐의 까만 눈알들. 우물우물 우울우울 읊조리면서

* 파트리크 쥐스킨트의 소설 『좀머 씨 이야기』의 등장인물.
** 소설에서 좀머 씨가 부르짖은 말.
*** 파트리크 쥐스킨트의 단편 「깊이에의 강요」 중에서.

두 개의 제목을 가진 시

구름의 말을 듣는 밤

세로로 쓴 옛 소설을 읽다가 내리는 비를 보며 구름의 말을 엿듣는다. 엿듣는 말들은 타들어 가는 불꽃처럼 삼킨 말, 유목의 근성으로 바람에 떠돌 뿐. 구름의 말을 듣는다. 눈물이 난다. 사람이 하는 말은 결코 세로로 기록되어선 안 된다.

모노드라마

귀뚜라미 그림자가 귀뚜라미를 끌고 간다. 귀뚜라미 그림자는 귀뚜라미의 머리채를 잡고 하수구로 떠민다. 뒤이어 귀뚜라미 그림자도 투신한다. 가로등 조명은 추야로 완벽했다. 하수구는 또 누구의 그림자인지 캄캄하고 아무 서사도 없다. 감감했다. 잠잠했다. 멀거나 아뜩한 것은 윤색되기 쉽다. 그러니까 하수구는 미리내의 각색쯤 된다.

3부

검정검정 눈물

검정비닐새

새살 돋는 버드나무 가지에 걸린
검정비닐새 한 마리

부스럭 부스럭
검정비닐새 우는 소리

날개는 찢어지고
날지 못하는 저 새를 보다가 울어 버렸으니까
나는 찢어진 겁니까

검정검정 눈물이 나는
나는 어두운 겁니까

*

먼 산에서
구구구구 우는 소리를 듣는 퇴근길

산비둘기처럼 우는 법은 언제 배운 걸까
횡단보도에 서서 휴대폰을 보고 있는 사람들

검정비닐새를 닮았다

후드득 빗방울이 떨어지고
날지 못하는 새의 변명들이
흔들리는 나무 밑으로 뛰어 들어간다

버드나무에 걸린
비닐처럼
젖고 있다

                    *

도무지
방향을 잃는 저녁엔
검정비닐새 요리를 먹는다고 생각해 본다

먹다가 사레가 들리면

구구 구구 울어 주면 된다고 하더라

식탁에 없는 누군가 말하는 소리를 들은 것도 같다

돼지껍데기의 서書

서기전 이집트의 한 시인은 죽음을
집으로의 귀가, 라고 파피루스에 새겨 후대에 남겼다
는데
상갓집을 나와 우리는
연탄 고깃집에 앉아 꾸덕꾸덕 말라 가는 돼지껍데
기에
생의 서書를 적고자 했다

문밖에는 비가 가을에 젖고 있었다

기러기 떼가 끌고 가는 줄이 헐거워졌다, 고 쓰고는
묽고 긴 입꼬리로 웃는 누군가가 있었고

찬 이슬에 날개를 적시며 여름밤들을 지샌 부전나비
의 고독이
그냥 지나간 일만은 아니다, 라고 읊은
누군가가 있었으며

한 번 읽고 버린 낙엽의 밑줄 위에 적힌 문장을 고쳐
옮겨 적는 이도 있었는데

회화나무 잎에 적힌
검은 옹이의 눈동자로 보네, 라는 문장은 가을비에
뭉개져
낮은 바람의 숨소리로 우네, 로 보였으나
우리는 흔쾌히 고개를 끄덕였다

더러는
제 그림자를 밟지 않고 나는 새와
그 새의 그림자를 머리에 이고 걷는 사람과의 원근적
슬픔을
～ ⋰⋱ ⅄ 라는 상형 문자로 적기도 했다

그러다 가끔 우리는 말없이 말라 가는 돼지껍데기만
쳐다보았다

망자를 위해 마지막 잔을 비운 우리는
　　밀서를 숨겨 갖듯 돼지껍데기를 목구멍 깊숙이 씹어
삼켰다

　　하여 후대는 우리의 서書를 읽지 못하겠지만
　　죽음은 다시 태어나는 죽음인 것처럼

　　비밀할 것도 없이 그저 영원에 가까운 것들

비 내리는 샤갈의 마을

샤갈의 마을에 비만 내린다. 눈 대신 주야장천 비만 내린다. 지붕에서 연주하던 바이올린은 녹슬고 바이올린을 켜던 염소의 얼굴엔 초록의 이끼가 더께더께 엉켜 있다. 아내 생일인데 샤갈은 우산을 들고 양철 지붕을 고치는 중이다. 비 맞는 아크로바트, 비 맞는 레지스탕스, 비 맞는 첼로 연주가가 사는 마을을 샤갈은 바라본다. 추적추적 비에 젖는 마을. 질척이는 샤갈의 마을. 눅눅한 샤갈의 마을. 우산을 들고 하늘을 날아가는 아내, 젖은 꽃을 들고 산책을 하고 있다. 위기와 기후와 비와 샤갈과 마을. 젖은 샤갈과 젖은 염소는 젖은 빵을 먹는다. 젖은 차를 마시며 사막에 사는 샤갈이 보낸 엽서를 읽는다. 함께 살던 염소가 꿈에 나타나 밤새 말라 죽은 바오바브나무 위에서 운다고 쓴 엽서에는 초원을 기억해내려 마른침을 삼키는 사막의 사진이 박혀 있다. 사진 속 사막은 비 내리는 샤갈의 마을로 와서 낙엽처럼 빗물에 축축하게 젖고 있다.

무덤새

태평양 군도에 사는 무덤새가
무덤 속에 알을 낳아 새끼를 치듯

나의 두 젖무덤
나는 나를 두 번 낳고 두 번 묻었지

흙과 나뭇잎을 덮어 발효시킨 두엄처럼
끓어오르는 무덤에서 무덤새 알이 부화하듯 나도 부
활했지

무덤 속에서 낄낄 바람에 웃는 둥근 소리가 들려
한밤에 내 가슴에 얼굴을 묻고 넌 말했지

그럴 리가, 구덩이를 파고 무덤 밖의 내가 무덤새 알
을 훔쳐 간 지가 언제인데

당신의 젖은 왜 무덤이야, 묻는 애인과는
해마다 알을 낳으며

죽을 때까지 살아 볼까 생각하던 밤

사랑할 때 우리는
뜨거운 무덤에서 태어난 무덤새들

젖무덤에 부리를 묻고 배냇웃음을 짓는 새들로 글썽
거렸다

붉은물혹눈울음꽃대궁부전나비*

나의 목울대에 나비가 앉아 있다 했다

무장다리꽃 같은
길고 쩔뚝이는 바람이 그를 데려왔을까

의사가 갑상샘 초음파 사진을 보여 주며
나비의 전명全名을 말해 주었다

붉은물혹눈울음꽃대궁부전나비

의사의 발성대로 나풀나풀 말해 보았다
천적이 두려웠을까 나비는
큰 물혹 두 개를 눈처럼 치켜뜨고 있다

붉게 충혈된 그 두 눈과 마주쳤을 때
나는 읽었다
자신의 내막을 읽어내느라 다 닳아 버린 문장 네 겹을

내가 울 때마다
목 울대에 꼭 붙어 앉아
바람 수풀을 풀썩이며 따라 울었을
붉은물혹눈울음꽃대궁부전나비

침을 삼킬 때마다
눈 밟는 소리가 들린다

쓸쓸이
나비와 나의 천적

나비 날개에 가만히 손바닥을 얹어 본다

제 붉은 살을 몇 번이고 찢고 나온
부전不全의 사랑
아아, 이토록 뜨거워라

* 나비 모양의 갑상선. 비로소 이 나비의 전명을 알게 되었다.

비감도 悲感圖

비 오는 밤, 이상의 13인의 질주하는 아해들을 생각하며

13인의비애가허공으로추락하오.
(허공의끝은막다른바닥이적당하오.)

第一의비애가외롭다고그리오.
第二의비애가외롭다고그리오.
第三의비애가외롭다고그리오.
第四의비애가외롭다고그리오.
第五의비애가외롭다고그리오.
第六의비애가외롭다고그리오.
第七의비애가외롭다고그리오.
第八의비애가외롭다고그리오.
第九의비애가외롭다고그리오.
第十의비애가외롭다고그리오.

第十一의비애가외롭다고그리오.
第十二의비애가외롭다고그리오.
第十三의비애가외롭다고그리오.

13인의비애는외로운비애와외로워하는비애와그렇게 뿐이모였소.

(다른감정은없는것이차라리나았소.)

그중에一인의비애가외로운비애라도좋소.

그중에二인의비애가외로운비애라도좋소.

그중에二인의비애가외로워하는비애라도좋소.

그중에一인의비애가외로워하는비애라도좋소.

(허공의끝은뚫린바닥이라도적당하오.)

13인의비애가바닥으로추락하지아니하여도좋소.

추락한 비애들이 바다로 가서 구름이 된다

옆구리가 간지러운 구름들이 뒷걸음친다

구름의 옆구리에서 새하얀 날개가 돋는다

구름이 날갯짓을 하자 푸드득 비悲가 쏟아지기 시작 한다

갈대의 헤어스타일

가르마 없는 생머리
쏠쏠이 엉킨 뒤통수에 쌍시옷이 부스스 붙어 있다

오래
한 사람을 바라보다가 바람이 되어 버린 영혼의 머
릿결

사랑을 전폐하고
나는 갈대의 머리를 하고 갈대만큼 가늘어져서
폐가의 금 간 거울 같은 물속에 발목을 담그고 천변
을 휘청였다

갈 때는 눈물에 젖을 일이 많아서
이별의 시대에는 갈대 머리가 유행한다지

혁명가 전봉준
흑백사진 속 그의 상투머리가 장대 끝에서 휘날리고
있었다

고독한 사람은 가만히 있어도 휘날린다

생의 절반 이상을 은둔한 에밀리 디킨슨
그녀를 읽는 사람들은 갈망의 헤어스타일을 이해할
수 있을까

안 그러던 사람이 갈대 머리를 하면
흔들리는 그의 안녕을 자꾸 바라보게 된다

달밤의 대금 산조를 듣다가

나의 조상들은
뼛속까지 우울한 족속이었구나!

내 핏속엔
자자손손 흐르는 깊은 우물의 소리가 있나니

우물에 빠진 흰 달을 밤새 건져 올리는 울음의 유전
자를 물려받아
대숲의 소리로 노래를 했던
고려인 빅토르 최*라는 남자가 생각났다

으악스런 왜가리 울음소리로 음 이탈을 일으킨
늦은 밤 만취한 늙은 사내의 대금 소리는 우성 인자다

듣다가 그만 눈물로 얼굴에 빗금을 긋고 마는
그러니 계면조**가 혈통이다

조상들이여,

그대들이 물려준 골수 깊은 곳 푸른 대금을 꺼내
산조를 불어 본다

울다 웃는 카타르시스의 대물림

태생적 절대 음감이므로
연습이나 악보 없이 절창이겠다

* 소련 록 음악의 선구자. 1982년 록 그룹 키노를 결성하여 변화를
  바라는 소련의 젊은이들에게 음악을 통해 희망을 전해 주었다.
  그의 친조부가 고려인이었다.

** 이익(李瀷)은 『성호사설』속악조에서 "계면(界面)이라는 것은
   듣는 자가 눈물을 흘려 그 눈물이 얼굴에 빗금을 긋기 때문에
   붙여진 이름이다."라고 설명하였다.

비의 매력

비는 학벌을 떠벌리지 않는다
하늘에서 당당히 내려온 비는
SKY를 나왔다고 내색하지 않는다
유독 서문에 서서 듣는 빗소리에 마음이 붙잡히는
걸 보면
동문을 좋아하지도 않는 것 같다

혈연 지연에도 그리 상관하지 않는다
빗소리에 전 부치는 마을이 고향이고
우중雨中 대작對酌에 꺼낸 속내를 보면
물도 피도 아닌 비는
그저 마알간 그 무엇이기만 한 것이다

J가 메밀전을 부쳐
막걸리를 꺼내 놓는다

더는 보이지 않는 꽃들과 곤충에 대해
죽어서 귀뚜라미가 되었을 허난설헌에 대해

강아지똥 같은 권정생에 대해
J와 이야기를 나누는 동안

비는
비를 듣고
비를 바라보고 있다

J 같은 사람도 비만큼 참 좋다

빗자루

하늘에는 먹빛 구름으로 떠 있는 빗자루가 있고
당신은 빗자루를 들고 새벽 거리를 쓰는 공공 근로
자고

아가리가 풀리자 후드드득 빗자루에서 비가 쏟아
진다

먹구름의 어둠을 어떻게 지운 걸까요, 빗방울은

먹색의 당신을 쳐다봤다
비 오는 날은 나오지 말라는구나
구청 직원이 그러는데 내가 쓰는 것 하나는 잘한다고
하네

당신은 낡은 빗자루
저 쓸쓸한 빗자루에 나는 쓸리고 쓸려 빗물에 떠내
려가는 중

빗자루에서 쏟아진 나는
쓰는 일이 숙명일까요, 맑아질 수 있을까요

당신과 나의 문장들은 모두
빗금에 적는 말들

젖은 낙엽은 바닥에 붙어/잘 쓸리지 않네//쓸쓸하지
않은 것들은/빗자루의 일이 아니네
쓸 수 없는 어둠처럼 꼭 그러네/먹구름 자루 속에는/
새의 말들이/……!

쓸다가 그만 툭, 부러진대도
몽당비 한 자루로
쓰고 또 쓸어 볼게요

그전에 빗자루 아가리부터 단단히 묶고요

비의 장례

내리는 비 탓에
울 것까지는 없습니다

조심스러운 것이 많은 의례일수록
갖춰야 할 것도 지어야 할 마음도 어렵고

검정 우산을 씁니다
바깥에선 누가 아주 떠난 걸까요

비 오는 날엔 말수가 줄지만
우산이 없다면
그땐 정말 어쩌죠

어떤 일은 혼자 감당하기에 벅차기도 한데
우산 속에
누구를 들였던 기억이 드뭅니다

창문을 닫듯이

우산을 접으면 그새
들어온 바람에 취해 나간 바람을 잊어버리듯
함께 들었던 우산을 당신이 나가 버렸다는 걸

다시 비가 오는 날 그제야
놓고 온 우산을 떠올리듯
당신을 찾기도 합니다

바깥이 모르게
우산 속에 얼굴을 묻습니다

검정 우산은
슬픔이 쓰면 제법 잘 어울리는 모자입니다

엽서葉書

오늘 아침은 찬 바람이 불고
울며 날아간 기러기가 건네준 엽서를 읽는다

기러기는
옛날 젊은 나의 엄마가 쓴

왼손 손바닥에 오른손 집게손가락으로 쓴
눈 오는 날 부엌 아궁이 앞에 앉아 퉁퉁 부은 눈으로
비뚤배뚤 쓴
학교 문턱에도 못 가 본 까막눈을 비비며 쓴
그 엽서를 물어다 내게 주었다

우리 선생님 계실 적에 미처 써 달라 못 하고

벌겋게 언 왼손을 오른손이 만져 주고
오른손은 왼손이 만져 주면서 쓴 엽서가 한 장

컴컴한 삶의 아궁이를 부지깽이로 뒤척이며 쓴 엽서

가 한 장
   엎어진 밥상을 긁어모으며 쓴 엽서가 한 장

   엄마, 나 배고파
   말없이 나를 안고 물컹 온몸을 쏟으며 쓴 엽서가 한 장

   이제 선생님이 된 나는 엽서의 맞춤법을 살핀다
   기러기는 돌아와 찬 바람에 울고 있고
   나는 빨간 펜을 죽죽 긋다가

   진즉에 그렇게 고쳐 주었으면 좋았겠구나, 머쓱해 웃
을 당신을 떠올린다

   오늘의 하늘은 어제보다 차고
   교정 대신 나는 빗금 가지런한 낙엽에 답장을 쓴다

   한 장 말고 두 장, 두 장 말고 세 장, 세 장 말고 네 장을
쓴다

찬 바람이 그치면 기러기는 엽서를 물고 떠날 것이고

구리구리구리 퉁퉁 부은 삶을 공글리며 가위바위보
를 할 줄 아는 것도
당신이 보내 준 엽서 덕분이라고

끼룩끼룩 기러기를 끌고 찬 바람은
가을로 밤으로

로빈슨 크루즈

밤, 아파트는
출항을 서두르는 크루즈들
베란다 난간 아래 검은 파도가 출렁인다

가로등이 등댓불을 밝혀 주고 대낮의 소란들이 뱃멀
미를 한다

고독은 늘 맹목적이기에 크루즈들은 추돌 없이 나아
간다

난간에 기대서서 로빈슨 크루소를 생각한다

무인도 크루소의 단수 고독은
이 밤 아파트 크루즈의 복수 고독보다 더 깊을까

크루즈는 잠시 닻을 내린다
누군가의 귀가를 재촉하는 관리 사무소의 안내 방송

영혼들은 왜 밖을 떠도는 것일까

비바람이 불기 시작하고
유령선 같은 크루즈들은 파고 속으로 미끄러진다
어디선가 비명이 찢어지고 로빈슨, 로빈슨, 어디 있어
요, 당신!

서둘러 창문에 커튼을 치는 그림자들
치킨 냄새를 풍기며 작은 통통배 하나 경적을 울리며
지나간다

새벽안개 걷히고 가로등이 꺼진다
편의점 간판이 부표처럼 떠오른 항구

정박한 아파트들
마침 오늘은 프라이데이고 크루즈는 이제 무인고도
無人孤島

커튼을 걷고 편지를 쓴다

to. 로빈슨 크루소

어젯밤 또 한 명의 크루소가 크루즈를 떠나 당신에게
로 갔소

기다리시오 나도 곧 가겠소

4부

꽃의 파생에 가까운 일

후르츠 운하의 내계인

*

사과가 한 바퀴 반을 도는 동안
수박은 반 바퀴를 돌고

귤은 두 바퀴를 돈다

수박의 3분의 2는 바다고 사과는 연두와 빨강의 계절
을 맞는다
사막으로 이루어진 귤에는 오아시스가 많다

잠은 수박의 바닷가에서
하루 두 번씩 자장가를 연주하고

모래사막에 바람이 불면 흐르는 눈물로 귤은
시를 적어 음악에게 보낸다

사과의 음악들은 휴가 때마다
수박의 바닷가에 발목을 담근 채 잠들다 가는 버릇

으로
계절마다 히트곡을 발표한다

*

나의 내계인은 수억만 년째 후르츠 운하에 살고 있고
매일같이 과일 가게 앞에서 고민한다

잠과 음악과 눈물
이 중에서 오늘 저녁 후식으로 뭐가 좋을지

씩씩하게 과일 가게 주인에게 말한다
죄송해요 다음에 올게요

주인은 참 딱하단 눈빛으로
내계인의 손에 검버섯 핀 바나나 하나를 떼 쥐어 준다

후르츠 운하에서 사는
내계인들의 주식은 바나나였나 보다

외계를 위해
내계인들은 삶에 감사하며
기도를 마치고 바나나 껍질을 벗긴다

*

내계인들이 외계를 믿는 풍습은
나무에서 뚝 떨어진 후르츠 행성에 살던
공룡이 멸종되던 시절부터 있었다

그들은 안다
내계를 불평하면
천국이라 불리는 외계에 이르지 못하거나
다음 생에도 그저 바나나만 먹게 된다는 것을

오후 두 시
수박의 바닷가에서 자장가가 연주될 시간

사과의 계절은 빨강을 지나
마침 첫눈이 올 것 같고

음악은
귤의 시(한탄 내지는 잠재된 욕망)에
경쾌하고 반복적인 선율을 입혀 준다

후르츠 운하는 서서히 오수에 잠긴다

잠이 반 바퀴를 도는 동안에
음악은 한 바퀴 반을 돌고 시詩는 두 바퀴를 돈다

레드 아일랜드

동백이 피는 제주 섬에는
꽃이 붉게 피어나는 일이
무서운 계절이죠
꽃이 떨어지는 자리가
붉게 물드는 사월은
가슴을 치는 계절이죠
할머니가 옥춘동백*을 꺼내
제사상에 올리는 날은
봄인데도 자꾸 추워져요
붉지 마라
발갛게 피지 마라
빨간 것일랑
입지도 먹지도 보지도 마라
빨간 누명陋名들이
벼랑 위에서 밀어 버린단다
동백이 다 떨어져 버려도
붉게 붉게
섬은 아프다

* 옥춘사탕. 알록달록한 색의 눈깔사탕으로 잔치나 제사 때 상에
  올린다.

계절 하나 마음 둘

가뭄 끝에 비가 내리던 날
하천 풀섶에서 만난 고양이 두 마리

떠돌이라는 말이
저렇게 순하고 고요한 눈빛이었나

쥐똥나무 울타리 속
서로 기댄 마음 둘

빗줄기는 강해지고
갈대들 몸을 흔든다

사람이 많아서
있을 것 같지 않았던 맹꽁이 울음이 다 들리고

얼마 전 오랜만에 서울에서 내려온 너를 데리고
여름밤에 줄 선물이 있다며

데리고 간 곳은
개구리 울음 낭창한 논둑

이런 걸 주어도 되나 망설였는데
네 얼굴을 보니 잘했다 싶어지고

참 너답다
나다운 게 뭔데 했지만 이번 여름은 잘 간직해야겠
다고

어쩌다 보면
미안해야 사랑이 완성되나 봐

하나의 계절 속에
오래 기대고 있는 마음이 둘

그랑드자트 섬의 일요일 오후

쥐똥나무가 매달고 있는 검은 점들이
손가락 사이로 빠져나가
길고양이, 그 울음의 점묘와 이어지는 길고 긴 오후*

조르주 쇠라가 찍어 놓은 통점을 떠올리는 일요일 오후

아픈 덴 없니, 안부를 묻는 낮달 같은 얼굴과
저녁이 뒷굽을 구겨 신고 걷는 골목길도
점들로 찍힌 풍경

묘목 한 그루는 콕콕콕 찍힌 나뭇잎 점들
전장 포탄의 파편처럼 멀리 날아가는 참새 점들

슬픔은 원근의 문제
호수 위로 흔들리는 윤슬은 참 서글픈 점묘의 기법

그리고
공감은 근원의 문제

바나나가 수백만 개의 점으로 끝내 점멸했을 때
검은 웃음을 지었다고 착각해도 될까

점들의 연대도 결국은 점일 뿐이지만

진하고 부드럽고

두껍다

* 2023년 여름. 점이 되어 사라진 동료 선생님을 보내기 위해 광장
에 모였던 수만의 검은 점들을 기억하며.

깃발

팬티는 깃발이다
빨랫줄에 걸려서 펄럭이는
국적도 없고 이념도 없는
무구한 깃발이다
인류 최초의 팬티가 나뭇잎이라는데
생각할수록 청순한 깃발이다
졸지에 평화를 상징한답시고 펄럭이는
비둘기는 참 측은한 깃발이다
비둘기 같은 사람, 널렸다

비로소 여자, 라는 깃대에
초경의 혈서를 새긴 팬티와
첫날밤의 팬티를 게양하던 순간이 생생하다
이별했을 때, 그때 팬티는 조기弔旗다
어떤 조기弔旗는 죽을 때까지 내리지 못한다
마당에 내건 팬티를 도둑맞은 적 있었다
어느 깊은 밤 나는 내 깃발에 얼굴을 묻고 울었을 것
이다

팬티를 삶아라, 어머니 말씀
이것은 팬티는 삶이다, 라는 정언定言
망자들이 걸고 가는 최후의 팬티는
무엇일까 가끔 생각한다

관공서, 학교에는 반드시 깃발을 건다
마을회관에도 걸린다
깃발이 명분을 세운다
북아메리카 기장학협회 가이드라인과는
한참 벗어난 깃발
누구나 그런 깃발 하나는 늘 품고 있다
엄천 날 죽기 살기로 버티며
여러 날 갈아입지 못하던 내 아비의 팬티
그 혁명의 깃발을
삶의 꼭대기에 높이 내건다

사랑 껍질 돌려 깎기

사과를 깎는다

흉터는 빨갛고
거짓말은 하얗고

껍질을 놓친 사과가 식탁 아래로 굴러간다

'무엇을 했나'에서 '왜'를 이해하려면 '누가'와 마주치
면 된다 구르다 만난 건 사과도 아니고 나도 아니고

사과를 가을에 만났지만
사과의 절반은 여름이고
껍질이 없어져도 여름의 절반은 비밀이거나 의혹이
거나

식탁 밑에는 갈변의 세계
갈색 구름과 갈색의 수국 무리를 지나 갈색의 약속들
과 갈색의 언제쯤들

깎는 일 그만하고 이만 퇴근해도 될까요
문밖에 노을을 남기는 해처럼, 한기를 남기는 밤처럼
문단속 잘하고 갈게요

내일은 누가 나 대신 사과를 깎을까 내 손에는
칼 대신 껍질이 벗겨진 돌멩이가 돌돌 감겨 있고

화분 밑에 열쇠를 두고 가듯이
식탁 밑 사과의 어딘가를 더듬어 돌멩이를 밀어 넣었다

가다가 되돌아봤을 때, 그때 마주친 사과의 단단한
얼굴
여름을 지나왔다는 말 믿기지 않게 하얀

눈이 내리기 시작했다
갈변하는 건
잊힌다는 건 좋은 징조라 믿기로 했다

나무가 모이면 숲 사람이 모이면 풋

오늘은 무작정 걸어 보기로 한 나는 나무
두 발에 꼭 맞는 신발을 신었습니다

신발 속에
뿌리는 잘 내렸습니다

정류장에 멈춘 버스에서
신발들이 쏟아집니다
검정 구두, 샌들, 슬리퍼, 운동화

나무가 모이면 숲
사람이 모이면 풋

각기 다른 발들을 보다가 풋, 웃음이 났는데
둘러보니 광장이었습니다

깃발과 촛불을 든 나무들 너머

자식을 잃고 슬픔밖에 먹지 못하는 사람들 보란 듯이
치킨을 뜯는 사람들도 있었죠

어떻게 뒤집힌 마음이기에
숲은 풋이 되었을까
더는 웃음도 나오지 않더군요

신발 끈을 당겨 맸습니다
그날부터 숲의 나무 한 그루였지만

뿌리가 모이면 숲
발자국이 모이면 풋

내일을 걸어 보기로 했습니다

지음 知音

우습지도 않게 속았다
춘추시대 유백아에게 소송을 걸고 싶은 심정

자신이 타는 거문고 소리를
뼈에 사무치게 알아주었다는 종자기라니
종자기는 무슨!
종자기는 바로 유백아 자신이었던 것이다

그간 순진하게도 나의 종자기를 찾아 헤맸다

내가 '서어나무가 흰 얼굴로 섰네'라고 쓰면
길게 누운 서어나무의 그림자를 쉬이 읽어내고
'가을 풀섶에 참새 떼가 찌개 끓는 소리를 내네'라고
쓰면
어느새 빈 술잔에 곡주를 따르는 나의 종자기

그는 어디에도 없었다

저녁의 노을 속에

스스로 그림자가 되어 서 있는 거무죽죽한 서어나무
를 본다는 것은

나라는 메타포를 읽는 것

종자기는 유백아 자신이었음을 그저 나였음을

이제 똑똑히 지음을 알겠다

적성

밖을 걸으면서 뭘 좀 만나고 오지 그래
눈 맞춘 것을 써 보면 좋지 않겠어 하는 말에

꽃이라도 볼까 나가 보지만
저녁은 먼저 가 버려 마주친 것들은 모두 어두움뿐

손톱 거스러미가 자꾸 거슬려 따끔거리고

가로등 아래 버려진 선풍기를 보고
바람을 만드는 일이 적성에 맞는 일이었냐고 물어보
려다 그만두었다

밤길을 걸었다 가다가 돌도 안 된 딸을 두고 먼저 간
그 애를 만났다 떠날 때의 모습 그대로인 그 애에게 난
이렇게 늙었는데 아직도 우리가 친구냐고 물었더니 내
일도 내일모레도 글피도 그글피에도 만나니 그런 건 상
관없어, 어쩜 넌 그대로구나 되레 그 애가 말했다

어두우니까 향기의 꽃색이 보여

또렷이 들렸지만 그 애가 한 말도 내가 한 말도 아니
었다

그 애의 딸이 그때 그 애만큼 커서 꽃으로 피었겠구나

거스러미를 만졌는데도 따갑지 않았다

박수를 치며 뒤로 걸어가는 누군가 쓰러진 선풍기 옆
을 지나 어둠 속으로 멀어졌다

밤 산책길에 멀리 간 것과 눈 맞추는 일은

적성보다는 해후에 가까운 일

꽃의 파생에 가까운 일

달이 누군가의 흰 머리뼈일 때

게르 사는 초원의 사람들이
신성한 곳에 놓아둔다는 말의 흰 머리뼈에 대해 들
었다

누군가 달의 흰 머리뼈를 밤하늘에 던져 놓은 것을
보면서

다시 신성해질 수 있을까

길을 걷다가 뼈해장국 집에 앉은 머리뼈들이 짓는 표
정들을 본다

내가 손을 흔들자 황급히 웃느라 눈구멍에서 국물이
흘러내린다
어디 가니, 하는 표정을 지었다고 나는 믿어서
우체국에 간다고 멀리 가는 표정을 지었지만 벌어진
잇새에 바람만 휑하고

중얼거리는 슬픔의 말들을 풋고추처럼 씹는 뼈들
내뱉는 살의의 말들을 몇 점 고기처럼 씹는 뼈들
터뜨린 폭소 섞인 말들을 술로 들이켜는 뼈들

그래, 다시 우리가 신성해질 수 있을까

누군가 간절함으로 밤하늘에 흰 머리뼈를 던졌을 것
이다

밤샘 작업을 마치고 새벽빛을 끌고 돌아와 곤히 잠든
어머니
그 머리뼈를 던져 놓고
지금까지 매일 신성해진 것은 나였다

어머니가 깨지 않게 쌀을 씻는다
하는 말들이 모두 신성해질 것 같은 아침이었다

아버지가방에들어가셨습니까

하루가 구겨질 때쯤, 비밀번호를 누르고 아버지가방을 열고 들어간다. 가방에 들어 있는 냉장고에서 빵을 꺼내 먹고 소파에 앉아 뉴스를 본다. 가방에서 손톱깎이를 꺼내 발톱을 깎는다. 가방은 적막하고 낡은 고독으로 불룩하다.

실밥이 뜯어진 가방 귀퉁이로 기러기 떼가 쏟아져 나와 북녘으로 날아간다. 기러기 아버지는 맨발로 발코니에 뛰어나와 새 떼 우는 소리를 듣다가 가방의 지퍼를 닫는다.

가방 속에는 세 개의 작은 가방이 들어 있고, 각각 아버지들이 살고 있다. 서로의 아버지이지만 누가 누구의 아버지인지 헷갈린 지 좀 됐다.

기러기를 따라 날아가 버린 기분은 뒤로하고 아버지가 혼자 맥주를 마시다 가방에 술을 쏟았다. 축축해진 아버지가 축축해서 더 고독해진 가방을 닦고 화분에 물

을 준다. 가방 속에서도 잘 자라는 야자수 덕분에 가방
은 적당히 명랑해진다. 벽시계가 하품을 한다. 아버지가
방을 닫고 침대에 눕는다. 아버지가방의 불을 끈다.

　적막하고 어둡긴 열린 가방도 마찬가지다.

깜빡

어린 시절 여름밤 아랫말 회관 앞마당에서 틀어 주던
흑백 영화 '길'을 보러 갔다가 눈을, 그래, 바로 그때 두 눈
알을 놓고 와 버렸다 그 후로 뵈는 게 달랐다 십삼 년 타
던 아반떼 폐차할 때 깜빡하고 오른발을 액셀에 놓고 내
렸다 지금 내 운전이 이 모양인 건 그래서다 자꾸 뭘 놓
고 다닌다 젖꼭지가 없어진 걸 한참 뒤에야 알았는데 늦
둥이 둘째 입 속에 들어 있었다 꺼내려다 그냥 두었다

죽어 가는 엄마 옆에서 제발 살려 주세요 기도할 때,
기적처럼 살아나서 소원이 정말 이뤄진 게 하도 놀라워
서 꿇었던 무릎 챙기는 걸 깜빡했다 살다 보니 꿇어야
할 때가 많은데 무릎이 없다 보니 건방지다고 오해받는
다 깜빡하고 자꾸 뭘 흘리고 다닌다 그렇지만 입술은 첫
사랑에게 일부러 흘린 거다 지금도 내 입술을 마누라
몰래 가지고 있을지도 모른다 귀도 실은 부러 흘린 거다
듣고 있는 게냐, 거듭거듭 다그치는 선생님께 귀 한 짝
선심 썼다 필요한 사람에게 더 요긴한 법이니까

122

그랬다 문어가 제 다리 한 짝 천적에게 떼 준 것처럼 눈도 입도 무릎도 다 어딘가 놓고 왔지만 정신은, 정신줄은 지금껏 멀쩡히 가지고 있다 그래서 시도 쓰고 애들도 가르치고 세상 돌아가는 일에 구시렁거린다 그런데 입이 없어서 대놓고 말은 못 한다

프리다 칼로

칼로 그림을 그린 여자

칼로 상처 난 몸을 한 번 더 도려낸 여자

칼로 살아나 칼의 에너지를 가져 버린 여자

칼로 남자를 사랑하고

칼로 이별한 여자

침대에 누워서도 혁명을 했던 여자

그녀의 그림이 있다는 '푸른 집' 미술관에 가 보고
싶은

지금의 나보다

세 살 어린 나이에 죽은

멕시코의 그림 그리는 여자

칼로 그림을 못 그리지만

펜을 칼처럼 갈며 문장을 새겨 보려는 여자

칼로 낸 상처를 가슴에 가졌지만

죽어 볼래 죽어 볼까 죽음이 어려운 여자

혁명이 뭔지

칼부림하는 세상에 혀를 차는 여자

근거 없이
전생에 칼에 맞아 죽었을 거라 믿는
나란 여자, 허나

칼로여, 그대와 나는 여자
칼로 비로소 우리는 여자가 된다
칼은 붓
칼은 펜
폐허의 작두 위에서 춤을 춘다

칼을 쥐고
그대와 나의 이야기는 자유롭게 태어난다

바다가 보이는 테이블에 앉아
한번은 당신을 만나
사랑과 고통과 칼과 칼같은 혁명에 대해 얘기해 보고
싶다

그 모든 것은

자유다!

생명의 붓, 그대의 칼로!

우리는 모두 고독을 씹는다

임지훈(문학평론가)

우리는 모두 고독을 씹는다

임지훈(문학평론가)

　　많은 사람이 의미란 대상 자체에 내재해 있는 것이라 생각한다. 가령 사과라는 대상이 존재한다면, 사과의 의미는 대상 자체가 본원적으로 소유한 것이며 인간의 행동 유무와 관계없이 선험적으로 존재한다고 생각하는 것이다. 이러한 사유 속에서 '나'와 사과의 관계는 의미에 영향을 미치지 않는다. 사과는 사과로서 그 자체의 의미를 지닌 채 그곳에 머무를 뿐이다. 내가 그것을 베어 물든 혹은 그렇지 않든, 사과는 초록색에 붉은빛을 띤, 과즙이 많고 단단한 과육을 지닌 과일로서 있을 뿐이다.

　　하지만 정말 그럴까? 관찰자인 '나'와 관계없이 존재하는 대상에 대한 진술은 의미라기보다 정의에 가까워 보인다. 예컨대 앞서 서술한 사과의 '의미'라는 것도, 사실 대상이 갖는 유類적인 속성 혹은 종차種差로서의 '정의'에 가깝지 않을까. 그것을 과연 '의미'라 할 수 있을까? 물론 우리의 일상 속에서 두 단어는 혼재되어 사용하는 경향이 강하다. 하지만 두 단어의 뒤에 '갖다'라는 서술어를 붙이면 그 어감의 차이가 확연하게 드러나는 것을 확인할 수 있다. 가령, 우리는 의미를 가질 수는 있어도 정의를 가질 수는 없다. 정의란 관찰자가 누구냐에 관계없이 동일하게 존재하는 것으로서, 대상의 본원적 성질을 가리키는 것이기 때문이다. 그렇기에 정의는 개인의 것이 될 수 없다.

그렇다면 의미란 어떻게 출현하는가. 우리는 일상에서 종종 동일한 사물에 대해 서로 다른 관점을 적용함으로써 다른 의미가 출현하는 상황을 마주한다. 누군가에게는 소중한 사물이 누군가에게는 그렇지 않은 사물일 수도 있고, 혹은 과거에는 별다른 특수성을 갖지 못했던 사물이 현재에는 다른 무엇과 비교할 수 없는 특수한 사물로 인식되는 경우도 존재한다. 가령 어젯밤 당신이 쓴 한 구절조차도, 그 의미는 시간에 따라 상황에 따라 서로 다른 의미를 지닐 수 있다는 것이다. 정의가 특정한 관점, 예컨대 학술적 혹은 사회문화적 관점에 따라 규정되는 것이기에 상대적으로 고정적인 것이라면, 의미란 그것을 바라보는 '나'의 관점에 따라 달라질 수 있다. 그렇기에 우리는 '의미'는 소유할 수 있어도 '정의'는 소유할 수는 없다. 개인적인 의미는 존재할 수 있어도, 개인적인 정의란 존재할 수 없는 셈이다.

결국 정의란 집단적이고 사회적으로 합의된 공통의

관점에 의한 것이기에 약속에 가깝다면, 의미는 개인적이고 주관적인 한 사람의 관점에 의해서도 출현할 수 있는 것이기에, 공공성을 띠지 않을 수도 있다는 말이다. 물론 여기에는 사회 공통의 의미 또한 존재할 수 있을 것이다. 가령 민족사적 의미랄지, 국가적 의미랄지, 혹은 공동체적 의미랄지. 하지만 그러한 다수적 관점에 의한 것만이 '의미'라고는 할 수 없으며, 의미란 사적이며 개인적인 것으로서도 존재할 수 있다는 사실에 주목해야 한다. 우리가 언어를 매개로 한 시라는 양식을 통해 개인의 감정과 느낌을 표현할 수 있는 것도 이 때문일 것이다. 의미란 얼마든 개인의 것으로 존재할 수 있기에, 우리는 한 사람의 주관을 '시'라는 형식을 통해 서로 나눠 가질 수 있는 셈이다.

나는 물집에 살아
눈물을 들키지 않는 물고기처럼

냄비의 귀에 댄 손가락
처음 신어 본 하이힐에 닿은 발뒤꿈치
그런 곳에 물집을 짓곤 했어 터트리면 안 돼요, 하는
그집

부르터 비로소 아늑한 장력이 완성되고

그 속에 내 생이 그렁그렁 잠겼어

사람이 없다고 여긴 아무도 없네, 하지 않는 집

빛이 부서지고 먼지가 부옇게 날리는 걸 봐

살고 있어 살아가고 있어 조용히 지나쳐 가 주는 집

거기 있니? 문에 귀를 대고 고요를 기다리던 집

피 안에 생긴 집

피안彼岸의 집

―「물집」 부분

　오늘 우리가 마주한 한 권의 시집 또한 그러하다. 『검정비닐새 요리』라 이름 붙인 시집에서, 우리는 한 사람의 '주관'을 발견한다. 언뜻 황지우의 시를 떠올리게 만들기도 하고, 바스락거리는 공감각적인 이미지를 떠올리게 만들기도 하는 이 특이한 시집의 제목 앞에서 우리는 여러 생각을 주고받는다. 시집의 첫 시인 「물집」에서는 이렇게 말하기도 한다. "나는 물집에 살아/눈물을 들키지 않는 물고기처럼". 손상된 피부에 수분이 부풀어 오른 자국을 가리켜 그것을 자신의 집이라 말할 때,

우리는 '물집'이라는 단어가 지닌 정의와 그가 내세운 의미 사이에서 기묘한 충돌을 느낀다. 정의와 의미 사이에서 일어나는 시적 충돌은 이후의 구절을 통해 상처 속에 기거하는 존재론적 슬픔으로 독자들을 이끌어 간다.

위의 시에서 화자는 물집을 가리켜 "피 안에 생긴 집"이라 말한다. '물집'을 풀어내어 설명하는 그 구절에서 우리는 시인이 내세운 시적 존재가 그 내면에 슬픔을 위한 자리를 갖고 있음을 엿보게 된다. 그리고 그 상처란 '피'라는 단어가 연상시키듯 존재의 고통을 수반하고 있음을 알게 되며, 그것이 시적 존재의 역사와 연관된 것이리라는 추측을 하게 된다. 그리고 이윽고 화자가 그것을 고쳐 "피안彼岸의 집"이라 되새길 때, 우리는 떨어져 나간 빈칸의 자리에서 존재론적 슬픔이 피어오르는 것을 목격하게 된다.

> 바람에게
> 구멍 난 옆구리를 내주고 선 서어나무처럼
>
> 서 있는 것들은
> 이름이 불릴 때를 기다려
> 몸을 돌려세울 준비가 되어 있는 것 같다

자작나무들이 서 있는 그림을 보다가

　나무 무릎에 검푸른 도끼 자국 흉터가 생긴 이유를 알
고 운 적 있다

　자작나무 숲을 그릴 수 있다면

　나무의 무릎 사이사이

　서서 자는 물소들을 그려 넣을 것이다

　포식자의 기척을 기다렸다 순식간에 달아날 수 있는
고독이라서

　　　　　　　　　　　　－「외로움은 대개 서 있다」 부분

　길고 긴 고독에 적응하기 위해

　긴 목을 갖게 된 기린

　고래는 지독한 고독에 살아남기 위해

　뭍을 버리고 심해로 들어가

　수억 년 동안 잠수 중이다

　강대나무가 적막하다

　주목은 산정에서 고독과 싸우다 선 채로 죽는 진화를
택했을 것이다

아직 가 닿지 못한

달팽이의 더딘 쓸쓸은 지금도 진화 중이다

―「진화론」 부분

기실 조우연의 시집에서 모든 존재는 일차적으로 홀로 외로이 선 모습으로 형상화된다. 위에 인용한 작품들은 그가 가진 존재론적 시각을 다음과 같이 말하고 있다. 대지 위의 모든 존재란 "바람에게/구멍 난 옆구리를 내주고 선 서어나무" 같고, "도끼 자국 흉터"가 새겨진 "자작나무" 같으며, 달아나기 위해 "서서 자는 물소" 같다. 혹은 "길고 긴 고독에 적응하기 위해/긴 목을 갖게 된 기린"처럼, "지독한 고독에 살아남기 위해/물을 버리고 심해로 들어"간 고래처럼, 또는 "고독과 싸우다 선 채로 죽는 진화를 택"한 "강대나무"의 "적막"처럼 여기, 살아가고 있다. 그들은 이 땅 위를 살아가는 존재의 보편적 양태이면서 동시에 화자 자신이 속한 유類인 인간 존재의 삶의 양태에 대한 비유이기도 하다.

이러한 비유들은 마치 다음과 같은 메시지를 전달하는 것처럼 느껴진다. 존재의 양태란 단지 '생존'의 문제인 것이 아니라, 자신이 가진 고유한 고독을 견디고 버텨 나가는 과정이라 말이다. "서어나무"나 "자작나무"가 지금과 같은 모습으로 대지 위에 자신을 전개해 간 과정이나

"기린", "고래", "강대나무"나 "달팽이" 따위가 그러한 모습으로 존재하게 된 까닭은 그들이 모두 자신의 고유한 고독을 견디고 버텨 나간 결과인 셈이다. 그러니 이 시편들을 읽으면서 다음과 같은 질문을 던지지 않을 수 없다. 그렇다면 인간은, 혹은 질문의 범위를 축소시켜 시적 화자 그 자신은 어떠한 모습으로 자신의 고유한 고독을 견디고 버텨 나가고 있는가라고 말이다.

아마도 이에 대한 일차원적 해답은 앞서 제시한 「물집」이라는 시편 속에 있을 것이다. 상처의 자리에 부풀어 오른 물속에서, 마치 수면 너머로 세상을 바라보듯 조금은 괴리된 모습으로 존재하는 화자의 모습. 하지만 그것이 조우연이라는 시인이 제시하는 시적 존재의 유일한 존재 양태는 아니다. 가령 다음의 시에서, 화자는 자신이 가진 고독에 대해 고민하며 자신이 존재할 수 있는 양태에 대한 가능성을 부정의 방식으로 표현한다.

> 이집트 피라미드를 지을 때
> 지구에 내려왔던 에일리언은 지금 어디 있을까
>
> 농업혁명, 산업혁명을 견디고
> 시장 골목 귀퉁이에서 근근 버티는 중은 아닐까
> 금성세탁소, 은하수다방, 효성상포장의사, 스타이발관

별별 낡은 간판을 내걸고 향수병을 앓고 있는 것은 아
닐까
　다섯 평 삼성전파사를 개점해 라디오를 고치다가
　TV, 세탁기, 핸드폰, 반도체를 만드는 에일리언 소문도
있다

　열반에 들어 생로병사 육신을 벗어난 부처도
　그 옛날 조선시대 우주만물을 이와 기로 논하던 이들도
　인류를 위해 전구를 발명해 주고 죽은 과학자도
　병든 사람을 고쳐 주다가 장기까지 기증하고 죽은 의
사도
　독재를 견디고 사람 사는 세상을 외치던 바보 정치인도
　에일리언은 아닐까

　자기가 에일리언인 줄도 모르고
　우유 배달을 하다가 새벽하늘에 뜬
　미확인 비행 물체를 찍어서 신문사에 보내기도 할 것
이다

　저녁별을 보며 어디 먼 데 눈빛을 적시거나
　휘파람으로 바람을 불러 세워도 죽을 듯이 외롭다면

당신의 고향은

여기가 아닐지 모른다

－「에일리언」 전문

  위의 시는 인간의 시각으로는 이해할 수 없는 불가사
의한 역사에 대한 호기심으로부터 촉발된다. 피라미드,
농업혁명, 산업혁명, 혹은 이기론과 같은 사상적 발명에
서부터 전구의 발명과 같은 과학기술적 발명에 이르기
까지, 화자는 인류의 역사를 선형적으로 되새기며 그 사
이사이에 새겨진 놀라운 순간에 대해 회상한다. 당대의
패러다임으로부터 괴리된 채, 그러나 다음 세대의 패러
다임을 개척해낸 그 순간들과 당사자들에 대해 화자는
그들이 "에일리언"이 아닐까 하는 농담 섞인 질문을 던
져 본다. 그러한 질문은 인류사의 놀라운 진보가 어떻게
가능했을까에 대한 질문이지만, 동시에 다음과 같은 의
미 또한 내포하고 있다. 그들이 "독재를 견디고 사람 사
는 세상을 외치던 바보 정치인"처럼 당대의 주류적 의견
에 종속되지 않았던 자유로운 영혼이었다는 사실과 동
시에 그들은 모두 결코 외계인이 아니라 한낱 인간이었
다는 사실 말이다. 그들은 어떤 특수한 존재도 아니었으
며, 외계에서 날아온 존재도 아니라 화자와 같은 인간에
불과했다.

하지만 이와 같은 사실은 다음과 같은 의미를 창출한다. 예컨대, 모든 존재는 각기 고유한 고독을 갖는데, 그것은 흡사 자신의 고향을 잃어버린 외계의 존재가 느끼는 고독과 유사하다는 것. 그리고 모든 존재가 이뤄낸 사史적인 것들은 그 개별적 존재들이 자신의 고독을 견디고 버텨낸 결과라는 것, 예컨대 그것들은 모든 존재의 고독에 대한 양태였다는 사실 말이다. 이는 조우연의 시집에서 드러나는 관점과 관련해 다음과 같은 의미를 창출한다. 인간 존재를 비롯한 모든 존재 일반의 생生이란 고독을 견디고 버티는 양상이 구체화된 것이지만, 그것이 단지 '견디고 버티는' 것에 한정되는 것은 아니라고 말이다. 존재가 자신의 고유한 고독과 대면하고 이것을 버텨 나가는 양상은 자기 자신을 넘어 다른 존재에도 영향을 미칠 수 있으며, 그 과정에서 인간은 타자적 존재로 거듭나기도 한다는 사실 말이다.

언제부턴가
내 목소리에서 엄마가 들리는데
그걸 두고 내가 이제
무르익었다고 말하는 그입니다

옥천 안남으로 그런 그와

올갱잇국을 먹으러 간 거죠

그는 올갱잇국에 밥을 말지 않았고
나는 말아 먹었습니다

바람이 호두나무를 흔들고 있습니다
어떤 바람은 때때로 나를 흔들었고

안남천 강바닥에 사는
올갱이를 매단 돌멩이들을 생각합니다
바람처럼 부는 물살에도 마음먹고 살아 보는 올갱이
처럼

끝까지 떨어지지 않는 호두들이 있고
무르익어 가는 생각들이 호두들 머릿속에 골똘하고
돌돌 제 몸을 마는 올갱이 생각

언제 또 안남 올갱잇국을 먹으러 오게 될까
밥을 다 먹었으니
커피 한잔할래, 물었더니

영락없이 엄마가 들리네, 하는 그

그 말을 돌돌 말아 귓속에 넣습니다

분명 나는 익어 가는 중일 겁니다

–「완숙」전문

그렇기에 조우연의 시적 화자가 자기의 고유한 고독
과 대면하고 마주하는 과정은 단지 자신의 내면으로의
침잠만을 의미하지 않는다. 위의 시에서 화자가 자신에
게서 "엄마"의 흔적을 되뇌듯, 존재는 자기 안에 새겨진
타자의 흔적을 되짚는다. 그 과정은 때로 자신이 혼자임
을 상기시키기도 하지만, 이는 뒤집어 말해 모든 혼자인
존재에게도 그 삶에는 늘 타자의 흔적이 남아 있다는 전
언이기도 하다. 우리는 모두 고독한 혼자이지만, 그렇기
에 위대한 혼자일 수 있으며, 그 생의 흐름 안에서는 지
울 수 없는 타자의 흔적이 새겨져 있는 셈이다. 그러니 모
든 혼자는 결코 혼자가 아니다. 모든 존재의 "익어 가는
중"의 시간이란, 결국 타인에게 자신을 내어 줬던 시간의
흔적들이 모여 만들어지기 때문이다. 그렇기에 위의 시
에서 특정한 사물이 지니는 의미란 '나' 자신의 것이면
서 동시에 그 생의 이력에 새겨진 타자들의 것이기도 하
다. 모든 혼자란 이처럼 타자가 새겨진 흔적인 셈이다.
　그러므로 우리는 의미란 어떻게 출현하는가라는 처

음의 질문에 대해 다음과 같이 대답해 볼 수도 있을 것이다. 의미란 발견되는 것이 아니라 창출되는 것이라고. 대상 자체가 의미를 소유하고 있는 것이 아니라, 관찰하는 주체 '나'와의 관계를 통해 의미는 그 순간 태어나는 것이라고 말이다. 마치 하이데거가 '세계世界'란 본원적으로 무의미하다 말하면서도, 그것이 의미를 가질 수 있는 것은 오직 세계-내-존재인 인간에 의한 의미 부여를 통해서라고 말했던 것처럼, '나'는 세계에 의미를 부여한다. 이때의 '나'는 조우연의 시집에서 내내 되새김질되었던 것처럼 자기의 고유한 고독을 감내하고 버티는 존재이지만, 그 흔적 속에는 늘 타자의 흔적이 남아 있다. 그렇기에 '나'는 혼자이지만 타자의 흔적들이 모여 만들어진 것이고, '나'의 고독이란 고유한 것이면서 동시에 보편적인 것이 될 수 있는 가능성을 처음부터 지니고 있었던 셈이다. 그렇기에 조우연의 시집에서 '시'란 단순히 자기 생각을 표출하는 자기애적 발로가 아니다. 누군가의 주관을 나누어 받은 흔적이면서, 그를 통해 자신의 주관을 다시 나누는 타자적 발로이다. 그렇다면 우리는 이러한 조우연의 시적 주체를 가리켜 서정적 주체의 본원적 의미에 충실하다고도 말해 볼 수 있을 것이다. 존재가 거니는 세계라는 무대에 의미를 부여하며, 그 의미 속에서 타자의 흔적을 되새기고 때로는 그것을 다른 존재와 나누는 시적 주체의 모습. 세계 내에서 마주하는 무수한 사물을 시적 언어라는 손짓으로 더듬거리며 그 의미를 밝혀 가는 그 과정이 오래도록 지속되기를, 그리하여 우리 모두가 고독한 혼자이면서 위대한 혼자가 될 수 있으며, 그 모든 슬픔을 서로 나누어 가질 수도 있다는 사실을 오래도록 널리 이야기할 수 있기를 바란다.

검정비닐새 요리

2024년 11월 28일 1판 1쇄 펴냄

지은이	조우연
펴낸이	김성규
편집	김안녕 조혜주 한도연
디자인	신혜연
펴낸곳	걷는사람
주소	경기도 용인시 기흥구 동백중앙로 358-6, 7층 (본사)
	서울 마포구 월드컵로16길 51 서교자이빌 304호 (지사)
전화	031 281 2602 / 02 323 2602
팩스	02 323 2603
등록	2016년 11월 18일 제25100-2016-000083호

ISBN 979-11-93412-60-2 04810
ISBN 979-11-89128-01-2 (세트)